Franz Hohler
Vierzig vorbei

Franz Hohler
Vierzig vorbei
Gedichte

Luchterhand
Literaturverlag

7. Auflage 1997

Lektorat: Klaus Siblewski

Umschlagentwurf: Max Bartholl
Umschlagabbildung: Harald Naegeli
Satz: Uhl + Massopust, Aalen
Druck und Bindung: Wilhelm Röck, Weinsberg
Printed in Germany
ISBN 3-630-86676-X

Zwischenhalt

Vor kurzem bin ich
33 Jahre alt geworden.

Bedenkend
was ich hinter mich gebracht
in dieser Zeit
die über tausend Abende z. B.
die ich allein
auf einer Bühne stand

hab ich gemerkt
jetzt habe ich genug
und habe dann entschieden
ich nehme mir
ein freies Jahr.

Ich habe alles abgesagt
was mir im Herbst bevorstand
und stehe nun
noch etwas unvertraut
vor den Kalenderblättern
auf denen nichts mehr eingetragen ist.

Vielleicht passiert in dieser Zeit etwas
vielleicht auch nicht.

Ich habe mir für alle Fälle
ein Tramabonnement gekauft
telefoniere wieder
zwischen fünf und sieben
beharre auf dem Nachtstrom
für das Waschen des Geschirrs
und klebe Rückvergütungsmärklein ein.

Schon habe ich
den ersten Löwenzahnsalat
gemacht
der Sohn fand ihn nicht gut
und meine Frau
hat »interessant« dazu gesagt.

Das wird mich nicht dran hindern
mit Nesselsuppe fortzufahren
und wilden Majoran zu trocknen.

Zu Fuß wird wieder mehr gegangen
das steht fest
ins Auto steig ich nur noch
wenn es sein muß
also selten.

Im übrigen benutze ich den Zug
versteht sich
und schrecke nicht
vor Postautos zurück
wenn mich die Lust ankommt
Bekannte beispielsweise in Schnottwil
zu sehen.
Allerdings
ich bleib dann über Nacht.

Ich steige gerne um
ich stehe gerne Schlange
und höre zu
was so gesagt wird von den Leuten
ich weigre mich
die Stunden sinnvoll zu verbringen.

Ich will auch die Prospekte lesen
die man ins Haus geschickt bekommt

auf denen man zum Kauf
von Sprachen aufgefordert wird
und Rasenkantenscheren
sowie das viele
Hektographierte, beidseits Engbedruckte
mit welchem man auf mein Gewissen pocht.

Die Träume
schreib ich wieder auf
und mache mir Gedanken
wenn Chinesenschiffe
darin zirkulieren.

Kann sein
daß meine lange Gegenwart zu Hause
Schwierigkeiten nach sich zieht
kann sein
daß ich die Lust verliere
aus dem Haus zu gehen
kann sein
ich komm mir vor
als wär ich arbeitslos.

Ich weiß es nicht.

Den Bart
hab ich mir wachsen lassen
vorsichtshalber.

Ich bin jetzt da.

Wenn jemand etwas will
dann soll er kommen.

Der Anfang des Tages

Wenn ich mich
morgens gegen 9 Uhr
an den Schreibtisch setze
und überlege
woran ich heute schreiben will
und keinen Anfang finde
und kein halbes Ende
zum Weiterfahren
und ein Gedichtbuch in die Hände nehme
und darin blättere
und halblaut ein paar Verse lese
und immer noch nicht weiß
was tun
dann schreckt mich plötzlich
die Sirene
der Chemischen Fabrik
mein Gott
denk ich
die haben jetzt schon Pause
und haben schon zwei Stunden
hinter sich
und ich
ich hab noch nichts getan
und während unten bei den Schwefelbergen
die Leute in die 9-Uhr-Brote beißen
spann ich ein Blatt in die Maschine
und werde langsam
aber unaufhaltsam fleißig.

Da soll noch jemand sagen
die Welt der Arbeit
habe keinen Einfluß
auf die Kunst.

Das Ende des Tages

Am Sonntagabend
als der Fernsehfilm zu Ende war
und Chaplin alt und halb erloschen
in der Stube saß
da waren wir so traurig
und die Buben so nervös
daß wir noch in den Garten gingen
und der Mond war eben
japanisch schön
heraufgestiegen hinter unserm Wäldchen
und wir tanzten
mit unsern drei und sechs und zweimal fünfunddreißig Jahren
durch das frischverschneite Gras
der Hecke nach und zu den Birken
und zu dem Kinderhäuschen und dem Kletterbaum
und über unser ganzes
nächtlich mildes Land

auf welchem binnen kurzem
7 Einfamilienhäuser stehen werden
preiswert
aber doch solid
und mit Komfort.

Nach dreißig

Der Vogel Angst
hat sich ein Nest gebaut
in meinem Innern

und sitzt nun manchmal da
und manchmal
ist er lange weg

oft kommt er nur
für einen Augenblick
und fliegt gleich wieder weiter

dann aber gibt es Zeiten
da hockt er tagelang
da drin
mit seinem spitzen Schnabel
und rührt sich nicht
und brütet
seine Eier aus.

Als es nach zehn Tagen wieder schön wurde

Der Zürichseefjord
gibt endlich seine Berge preis

Die Wolken
sind auf einmal nicht mehr da

Der Schnee
reicht bis zum Rand der Dörfer

Die Sonne
ist so strahlend kalt
die Häuser an den Ufern
haben jetzt so klare Schatten
als ob hier Island wäre
und der Pfannenstil
ein kleiner Hekla

der jederzeit
ein Maul voll Asche
auf unsre ölgeheizten Friedlichkeiten
speien könnte.

Wir wissen wenig

Von Zürich bis nach Stäfa
sei es
sagte mir der Spengler
neuerdings verboten
Eisenboiler einzurichten.
Zugelassen seien nur noch solche
aus Kupfer, Kunststoff oder aus Email
weil
habe ihm der Lieferant gesagt
das Wasser aus dem Zürichsee
zu aggressiv sei.

Das geht mir manchmal
durch den Kopf
wenn ich den Kindern
ihre Sirupgläser fülle.

Nachtleben

Jetzt spricht
meine Frau
zu unserm Sohn
der zittert und weint

und er hat
eine Mutter
die zu ihm spricht

und diese Mutter
ist meine Frau
und diese Frau
ist nicht meine Mutter

und das ist das
was uns trennt
meinen Sohn
und
mich.

Goldküstenexpress

Wenn
der Wagenführer
seinen Kopf dreht

sieht er hinter sich
sehr achtsam
durch die Scheibe blickend
zwei Buben
sowie
einen Mann

und wenn er
dazu lächelt
weiß ich
daß er mehr gesehen hat

zwei Träume
vom Erwachsenwerden
und einen Traum
vom Kindsein.

Zugunglück

Ich habe mir nachts um halb eins
eine Zeitung gekauft
um die Namen der Opfer zu lesen
in der Hoffnung
es sei jemand darunter
den ich persönlich kenne
aber nicht allzu gut.

So hätte ich mir
mehr Anrecht auf Trauer
gesichert
und ein Abglanz von Schrecken
wäre auf mich gefallen.

Leider kannte ich keinen
aber wenigstens
bin ich schon mit demselben Zug gefahren.

Verhaftung

Eines Nachts
wenn du heimgehst, vielleicht
wird dir der Tod
mit der Taschenlampe
ins Gesicht zünden
dich kurz mustern
und über die Schulter
zu seinen Männern sagen:

Dieser da!

Sprachlicher Rückstand

Immer noch
sagen wir dem
was am Morgen geschieht

die Sonne geht auf

obwohl seit Kopernikus klar ist
die Sonne bleibt stehn
und
die Welt geht unter

Optische Täuschung

Ungeachtet seines Aussehens
sei Herr D. ein großer Könner

schrieb jüngst Herr H.
ein Kritiker
mit kurzen Haaren
und grauem Anzug
über einen Musiker
mit langen Haaren
und einer lila Jacke.

Es kommt auch vor
daß jemand aussieht wie Herr H.
und trotzdem etwas kann.

Ehe-Grammatik

Beim Satz
»Was machen wir?«
haben wir es
mit einem Scheinplural
zu tun
der in Wirklichkeit
aus zwei Singularen besteht
einem männlichen
und einem weiblichen.

Der männliche Singular lautet:
»Was mache ich?«
und der weibliche:
»Was machst du?«

Sonntag, 14. Februar

Rund um den Pfannenstil
hab ich heut viele Frauen angetroffen
die mit Boxerhunden
oder ganz allein
spazierengingen.

An ihrem forschen Schritt
und den gepreßten Lippen
war abzulesen
daß sie fest entschlossen waren
den Sonntag
zu genießen.

Stand der Nation

und immer noch sitzen
die Kinder auf Klettergerüsten
junge Ehepaare
kaufen IKEA-Tische und rote Küchenstühle
und schreiben
auf ihren Deux-Chevaux
IDEFIX
oder
SCHNAEGGLI
vor der MIGROS-Parkgarage
stehen die Autos
und warten rauchend darauf
daß ein Rechteck frei wird

es besteht ja auch
kein Grund zur Besorgnis

Bald
hat jeder Schweizer
seinen eigenen Schutzraum
und schon jetzt
ist der Sauerstoffanschluß
im Krankenzimmer
für jeden von uns
gesichert.

Karfreitag

Gilt dieser Nebel uns?
Und dieser trübe Schnee?

Als ob wir etwas dafür könnten
daß vor bald zweitausend Jahren
in Palästina jener Mann –

Wir waren nicht dabei.

Wir heizen nur die Häuser
zünden nur die Lampen an
und bringen unsre Freunde
zu den Flugzeugpisten.

Schöne Sätze

Der Schatten
ist die Schrift
der Sonne.

Die Krähen
sind die Möwen
Afrikas.

Kaum einer
denkt jetzt
außer mir
an Feendärme.

Des einen Freud

Für alle Fische
muß die Sintflut
ein Fest gewesen sein.

Sommerliches Pflichtsoll

So viele Karten
mit herzlichen Grüßen.

Jetzt dürfen wir
den ganzen Winter
wieder böse sein.

Match

Wir werden nicht Meister
den Schwachen.

Sie sind zu stark.

Urgefühl

Ohne mich
kann ich nicht leben.

Für e Mani

I jedem Lied vo dir
wo eine schtirbt
hets e Sinn
der Eskimo und dä mit der Nase

Nume du bisch gange
und niemer weis worum
das isch e Värs
uf dä gits kei Rym

oder isch es wäge däm
das me sälber Freud het
solang me no läbt
das me schpilt mit de Chind
und nid wartet bis morn
das me lost und luegt
und glych no mängisch lacht

Grad das wär aber
so vill liechter gsi
wenn du
nones Wyli doblibe wärsch
und is zeigt hättsch
wie me das macht.

zum Tod von Mani Matter, November 1972

schnäll

schnäll i Chäller
schnäll voruse
schnäll ufs Hüsli
schnäll i Migros
schnäll zum Coiffeur
schnäll zum Dokter
schnäll i d Schtadt
schnäll go poschte
schnäll go wäsche
schnäll go choche
schnäll go ässe
schnäll go schwümme
schnäll go laufe
schnäll go luege
schnäll go uftue
schnäll go grüesse
schnäll go bsueche
schnäll go hälfe
schnäll go läbe

s Läbe

Mängisch dunkts eim scho
daß s Läbe nüt anders sig
als es Gwitter

und mir

mir seckle derdur
und der eint breicht der Blitz
und der ander nit
und nienen e Hütte
wyt und breit.

dr Tod

Dr Tod
isch nid eine
wo eim uf d Schultere chlopft
und seit
chumm mit

sondern eine
wo eim i beidi Arme nimmt
und drückt
und drückt
bis me nüt meh anders
cha dänke
als

jo
i chume

Herbschtgedicht

dusse goht der Wind
e Flöige putzt der Grind
de Schpatze glänze d Schnäbel
e Chue seicht dure Näbel
me gseht si eignig Schnuuf
s Benzin schloht wider uf

Wanderers Nachtlied

Ueber allen Gipfeln
Ist Ruh,
In allen Wipfeln
Spürest du
Kaum einen Hauch;
Die Vögelein schweigen im Walde.
Warte nur, balde
Ruhest du auch!

Johann Wolfgang Goethe

Oobe

Ueber allne Flüehne
wirds schtill.
Us allne Chräche
ghörsch nümm vill.
Der Tag isch verby.
Es Auto wyt ewägg
und denn nüt meh.
Wart no chli
s goht nümm lang
schlofsch du au y.

F. H.

Horaz
Carmen I,9

Vides ut alta stet nive candidum
Soracte nec iam sustineant onus
   Silvae laborantes geluque
      Flumina constiterint acuto?

Dissolve frigus ligna super foco
Large reponens atque benignius
   Deprome quadrimum Sabina,
      O Thaliarche, merum diota.

Permitte divis cetera, qui simul
Stravere ventos aequore fervido
   Deproeliantis, nec cupressi
      Nec veteres agitantur orni.

Quid sit futurum cras, fuge quaerere, et
Quem Fors dierum cumque dabit, lucro
   Adpone, nec dulcis amores
      Sperne puer neque tu choreas,

Donec virenti canities abest
Morosa. Nunc et campus et areae
   Lenesque sub noctem susurri
      Conposita repetantur hora,

Nunc et latentis proditor intumo
Gratus puellae risus ab angulo
   Pignusque dereptum lacertis
      Aut digito male pertinaci.

Winter

Lueg wie der Etzel scho wyss isch
und d Wälder verschticke vor Schnee
und der Zürisee Ys a den Ufer noh het.

Legg no s paar Schitli ufs Füür
daß es warm wird
und hol mer der Wy us em Chäller
es het no ne Schtäfner.

Der Räscht bsorgt der Vatter im Himmel
wo macht, daß es einisch windet
und s andermol nit
wenns wohr isch.

Was übermorn chunnt, chanis glych sy
jetz hocke mer do und s isch schön
gib em Ursi e Kuß
solang daß no jung bisch.

Denn gömer zämen is Bett
und schmuusen is einen ab
und dänken a nüt
und gäbenis warm.

Horaz
Carmen I, 26

Musis amicus tristitiam et metus
Tradam protervis in mare Creticum
   Portare ventis, quis sub Arcto
      Rex gelidae metuatur orae.

Quid Tiridaten terreat, unice
Securus. O quae fontibus, integris
   Gaudes, apricos necte flores,
      Necte meo Lamiae coronam,

Piplei dulcis. Nil sine te mei
Prosunt honores: hunc fidibus novis,
   Hunc Lesbio sacrare plectro
      Teque tuasque decet sorores.

Worum i cha schaffe

Es chunnt mer no vill i Sinn
i bruuche nid schtundelang z hirne
und Aareschpaziergäng z mache
a trüebe Novämbersünndig.

Was färner dä Lamia agoht
wo sech ir zwöite Schtrophe so breitmacht
dä chönnemer rueig vergässe
samt dere Nymphe, wo au keine kennt.

Hütt isch es anders: Du bisch jo do
und alls woni mache
(das darfsch aber niemerem säge)
isch immer au nones bitzli für di.

Weisch was?

Hic tamen hanc mecum poteras requiescere noctem
fronde super viridi: sunt nobis mitia poma.
castaneae molles et pressi copia lactis.
et iam summa procul villarum culmina fumant
maioresque cadunt altis de montibus umbrae.
Vergil

Aber du konntest doch wohl noch die eine Nacht bei mir
ausruhn
Auf einer Streu von Laub: Ich habe schon reife Äpfel,
Süße Kastanien auch und an Käselaiben die Fülle.
Siehe, schon steigt der Rauch von fern aus den Dächern des
Dorfes,
Länger fallen bereits von den hohen Bergen die Schatten.
Heinrich Naumann

Weisch was? Blib doch hütt zobe bi eus und au über d Nacht.
Chönntsch im Kajütebett schlofe, mir miechten es
Schmineefüürli
Cheschtene hätts no zum Brötle und Bärgchäs e gäbige
Mocke.
Dunden im Dorf gseht me langsam der Rauch zu de Chemi
us schtiige
Dussen ischs chalt, und ännet em See isch alles im Schatte.
F. H.

Jetzt geseht me der Mond schon nümm

Δέδυκε μὲν ἀ σελάννα
καὶ Πληΐαδες· μέσαι δὲ
νύκτες, παρά δ'ἔρχετ' ὤρα·
ἔγω δὲ μόνα κατεύδω.
Sappho

Der Mond und die Siebensterne
sind untergegangen. Mitter-
nacht ist und die Zeit vorüber.
Ich aber, ich liege einsam.
Emil Staiger

Jetz gseht me der Mond scho nümm
und d Schtärne si bleicher. D Zit
fürs Warten isch ume. D Nacht
isch verby, und i schlofen elei.
F. H.

Der Tod und das Mädchen

Das Mädchen

Vorüber! Ach, vorüber!
Geh, wilder Knochenmann!
Ich bin noch jung, geh, Lieber!
Und rühre mich nicht an.

Der Tod

Gib deine Hand, du schön und zart Gebild!
Bin Freund, und komme nicht, zu strafen.
Sei guten Muts! ich bin nicht wild,
Sollst sanft in meinen Armen schlafen!

Matthias Claudius

E gruusige Bsuech

S Meitli

Gang wyter!
Mach, daß furtchunnsch!
Haus ab, i will di nümm gseh!
I bi no jung und läbig.
Du Souhund!
Nei läng mi jo nid a!
I bi no lang nid dra.

Dr Tod

Chumm, gimer d Hand, du schöns und saftigs Chind!
I ha di gärn und chumm nid zum di schtrofe.
Weni di schtreichle, vergissisch alls.
Chumm, mir wei mitnander schlofe.

F. H.

Dezember

Fast alle Leute haben sich nun eingemauert
und wärmen sich an ihrem eignen Schweiß.
Fast keiner da, der nicht sich selbst bedauert.
Fast keiner da, der viel vom andern weiß.

Mit Tannenbäumen vollgestopfte Lieferwagen
durchqueren gut gefedert jede Stadt.
Die Menschen müssen Plastiktaschen tragen.
Sie hungern nicht, und doch ist niemand satt.

Die Fremdarbeiter flüchten abends mit den Zügen.
Wie feindlich ist jetzt schon ein kleiner Wind.
Wie viele schweigen nur, um nicht zu lügen.
Wie dringend brauchen manche jetzt ein Kind.

Wir sind hier weiter weg als die Azteken.
Die Filmplakate lächeln ungerührt.
Die Frauen treten ratlos aus den Apotheken.
Die Trauer ist mit Sternen dekoriert.

Irrflüge

Woran mag es liegen
daß in letzter Zeit
so häufig
Tauben
an mein Fenster prallen
im zweiten Stock
und nachher
taumelnd weiterflattern
auf den nächsten Baum?

Ist der Spürsinn
dieser Tiere getrübt
durch unsre Dämpfe, Wellen und Geräusche
oder sind sie einfach traurig
wegen dieser düstren Tage
oder
steht vielleicht mein Haus
nein
unsre ganze Stadt
an einem Platz
der eigentlich
den Vögeln zukommt
und nicht uns?

Empfang

Wenn ich
wie jetzt
nach langer Reise
in mein Zimmer trete
– die Kinder habe ich umarmt
  die Frau geküßt
  der Hund ist bellend
  an mir hochgesprungen –
wenn ich dann also
in mein Zimmer trete
und hinter mir
die Türe schließe
steht auf dem Schreibtisch
schwarz und glänzend
meine Schreibmaschine
hält mir ihre Tasten hin
und bittet mich
mit dem vertrauten Lockwort
QWERTZUIOP
auch sie zu streicheln
und mit ihr zusammen
mich aufs neue
an der Sprache zu erfreuen
mit Kopf und Herz und Fingerspitzen
bis daß die Typenhebel klappern
und das Farbband raucht.

Der Unnütze

Schon lange
sollte ich den Thujabaum
vor meinem Fenster
fällen
alle, die von Gärten was verstehen
raten mir's
er ist zu schnell gewachsen
seinerzeit
und ragt nun
alt und viel zu schütter
bis zum zweiten Stock
frißt Licht und Boden
aber dient zu nichts.

Jetzt sitzt ein Star
auf einem seiner Äste
putzt die Federn
schlägt dann seine Flügel
und singt den Morgen ein
der müßte sonst woanders sitzen
denk ich
und es freut mich
daß er ausgerechnet hier
die Flügel schlägt
und singt
auf diesem ausgedörrten Ast
der leise schwankt
an einem Baum
der gar nichts nützt.

Der Bote

Es ist ein Bote unterwegs.
Durch Zufall hab ich es erfahren.
Es ist ein Bote unterwegs
mit einer Nachricht.
Wem sie übergeben wird und wie
ist nicht bekannt.
Auch weiß ich nicht
von welcher Art die Nachricht ist
worum es geht
was sie enthält
doch sagt man
sie könnte wichtig sein
für alle
die hier leben
so wichtig
daß man sie in keinem Falle
der Regierung anvertrauen will
auch Presse, Radio, Fernsehn
schließt man aus
es wird ein Mensch gesucht
dem man sie überbringen kann
und der sie einfach weitersagen wird
man rechnet fest damit
daß sie von Mund zu Mund
erzählt, geflüstert und gerufen wird
daß Leute rennen werden
um sie mitzuteilen
daß Autos angehalten werden
daß sich Fenster öffnen
und Plätze füllen werden
daß die Menschen
vor den Einkaufszentren stehenbleiben
um sich aneinander festzuhalten

daß sich in den Schalterhallen
der Banken und Versicherungen
gesetzte Herren
mit nassen Augen umarmen werden
wenn die Nachricht sie erreicht hat
daß Maschinen stillstehn
daß Geräte auf den Boden fallen werden
und dort liegenbleiben
daß man Köpfe schüttelt
schluchzt und lacht
und daß man Kinder aus den Schulen holt
und über ihre Haare streicht
daß Dokumente, Ausweisschriften
Formulare, Zeugnisbüchlein
nicht hervorgenommen werden
in diesen Augenblicken
denn der Inhalt dieser Nachricht
hätte nichts damit zu tun
weshalb der Bote ja auch
diesen Weg der Nachricht suche
dieser Bote
den man allerdings nicht kenne –

gib acht
vielleicht steht plötzlich
ein Pilot vor dir
und zieht dich auf die Seite
vielleicht tritt ein Geschäftsmann auf dich zu
und macht den Aktenkoffer auf
vielleicht ist es ein Kind
und hält dir eine Zeichnung hin
vielleicht auch ist es eine Frau
mit einer leeren Tasche in der Hand
es könnte sein
daß nicht einmal ein Mensch
der Überbringer ist

vielleicht ist es ein Tier
ein Windstoß
ein Geräusch
ein Ton
und der Empfänger
an dem fast mehr hängt
als am Boten
der Empfänger

wärst dann du.

Gefühl

In unserm Lande
komme ich mir manchmal vor
als sei schon lange
ein Alarm im Gange
und alle meinen
man läute bloß
den Sonntag ein.

Demonstrationsberichterstattung

Wir seien
lese ich mit Interesse
kaum mehr gewesen
als bei einem wenig attraktiven
Fußballspiel
und hätten somit
mit dem Volk
nicht viel zu tun.

Tja, was soll man da noch sagen?

Eines höchstens:
sollte jemals
einem Kernkraftwerk
ein Eigengoal passieren
dann würde dies
ein wirklich gut besuchter Anlaß
endlich etwas
für das ganze Volk
und nicht nur die paar tausend Leute
die gerade das verhindern möchten.

Derrick

Schon wieder
wurden Montagabend
im Auftrag von
    ZDF
    ORF
    SRG
zwei Menschen umgebracht.

Die Auftraggeber
hatten einen jungen Mann gedungen
der erschoß den einen
von hinten
und den andern
durch eine Tür von vorn.

Zugleich besorgten sie
damit die Sache ihre Ordnung hat
für guten Lohn
den Mann, der ihn entlarvt, den Mörder –

und alles von derselben SRG bestellt
die fast zu Tod erschrickt
wenn irgendwer statt Wörter
beispielsweise
Seifenblasen braucht.

Vendetta

Naegeli, Harald (43)
flüchtig
aus Zürich
das deine Zeichen
so schlecht ertrug!

Hast du denn nicht gewußt
daß der Beton
den du geschändet hast
einer Sippe angehört
die niemals vergißt?

Ein Wink genügt
und der große Bruder
COMPUTER
rückt tickend aus
und faßt dich
wo immer du bist
und bringt dich dem Beton zurück
zur Rache
bis du von ihm gezeichnet bist.

Kilotod

Heute
war bei Jelmoli
Bücheraktion
bezahlen mußte man nur das Gewicht
genau gesagt
8 Fr. das kg Buch.

Zwischen Reiseführern
Pferdegeschichten
und alten Romanen von Raffael Ganz
sah mich auf einmal an
»Der Tod Anton von Weberns«.
Erschossen worden war er
von Besatzungssoldaten
am Ende des Krieges
soviel wußte ich
aber wie und warum?
Ich wollte es haben
das Buch
und als die Verkäuferin
es zu Musik von Modern Talking
auf ihre Waage legte
und mit der Stimme
einer Gemüsehändlerin sagte
360 g – 2.90 bitte

starb Anton von Webern
ein zweitesmal.

Sachschaden

Gepflegte Herren
ließen während Wochen
Abfallsäcke durchsuchen
Telefone abhören
Staubsauger öffnen
Wohnungen ausräumen
und siehe
sie haben Indizien gefunden:
der dort war's.
Der dort aber
schwieg.
Kann sein
er war's nicht
kann sein
er war's wirklich
kann sein
er war's mit den andern zusammen
die jetzt verschwunden sind
oder erhängt –
ich weiß es nicht.
Ich weiß nur
daß er den Herren dort vorn
das Böse verkörpert
das sie
kraft ihres Auftrags für Recht und Ordnung
züchtigen müssen.

Wie aber
wenn er das Leid verkörpern würde
den Riß durch das Land
und die Wut und die Trauer
den Schrei jener Jugend
die lautlos aufstand

nach der Verkündung des Urteils
und düster den Saal verließ
als hätte man sie geprügelt soeben
weil da nicht ein Hauch
zu spüren gewesen war
von Ahnung
was es bedeutet
verzweifelt zu sein und ratlos
und einen Weg zu suchen
der nicht in die Einkaufszentren
und Einfamilienhäuser mündet.
Und wenn es der falsche Weg ist,
wissen wir uns
den Abgewichnen nicht anders zu nähern
als mit 8 Jahren Zuchthaus?

Der angerichtete Schaden
belief sich
auf 37 000 Franken.
Menschen
wurden glücklicherweise
keine verletzt.

Oder doch?

In Winterthur häuften sich im Jahre 1984 Brandanschläge, gelungene und mißlungene, deren Urheber man vor allem in der Jugendszene suchte. Bei einer Razzia im November 1984 wurden etwa 30 Leute festgenommen. Gabi S., eine junge Frau, der nichts anderes nachgewiesen wurde als das Werfen zweier Farbgläser auf eine Kirchenwand, erhängte sich nach einem siebenstündigen Verhör in ihrer Zelle. Sie war die Freundin eines der Hauptverdächtigen, Alex W., und man versuchte aus ihr belastende Aussagen über ihren Freund herauszuholen. Alex W. blieb in Untersuchungshaft und verweigerte jede

Aussage. Am 15. Sept. 1986 wurde ihm am Zürcher Obergericht der Prozeß gemacht, der ausschließlich auf Grund von Indizien geführt wurde, welche auf die Wohngemeinschaft von Alex W. hinwiesen. Der Staatsanwalt verlangte 8 Jahre Zuchthaus, und die Richter gaben sie ihm.
Das Kassationsgericht sah es anders, und ein knappes Jahr später wurde Alex W. aus der Haft entlassen.

Besetzt

Die Nummer tippen
im Telefonamt
später am Bahnhof
dann im »Bären«
dann wieder am Bahnhof
und immer
der schnelle Ton
und die rote Zahl
die erlischt
wenn der Fünfziger
wieder herausfällt

ich wollte dir
nur schnell sagen
daß die Karte
mit der du das Geld
auf der Bank kriegst
links auf dem Schreibtisch liegt
und daß ich dich liebe.

Der andere

Und plötzlich
nach Jahren
steht er da
der andere
schaut sie an
die zu dir gehört
und zieht sie zu sich
und sie winkt dir zu
aus der Weite
und ruft
ich komme zurück
und du wünschst ihr Glück
denn sie hat ihn verdient
den andern
und das Gefühl
das du kennst
das Gefühl des Erzitterns
durch die Berührung
mit dem Fremden
das Gefühl
das du
bittend um Nachsicht bei ihr
die zu dir gehört
schon oft empfandest
und das du ihr
immer zugestanden hast
empfohlen sogar
denn es macht dich
zum ganzen Menschen
und jetzt
da sie
endlich
ergreift

was ihr zukommt
bleibst du zurück
und kannst es nicht fassen
wie sehr du sie liebst
und wie sehr es dich schmerzt
und wie dir die Tränen kommen
mitten im Gehen über den Platz
und im fahrenden Zug
du glaubtest doch
offen zu sein
souverän
und voll Großmut
aber nun gehst du umher
und bist außerstande
an etwas andres zu denken
als an sie
und den andern
und ihre Freiheit
ist dein Gefängnis
und du ißt nicht mehr
und du schläfst nicht mehr
und du trägst
nur noch eine Botschaft
auf dir
und die heißt
ach
komm doch wieder
Geliebte
und bleibe bei mir
ich möchte dich streicheln
bis ans Ende der Zeit.

Zwei Frauen

Heute
im Schiff auf dem Genfersee
zurück in die Schweiz
saß hinter dir
eine Frau am Tisch
die schrieb
einen Luftpostbrief
und rauchte dazu
eine lange, braune, dünne
Zigarette
und schaute von Zeit zu Zeit
auf das Wasser hinaus
und setzte dann wieder
sicher und zart
ihre Wörter
aufs dünne Papier.

Und auf einmal wußte ich
vor mir
sitzt die Frau
die gehört zu mir
doch dahinter
sitzt die Frau
die gehört nicht zu mir
und schreibt Sätze
nicht für mich
und wenn ich will
daß die Frau da
mir gegenüber
zu mir gehört
muß ich größte Sorge tragen
zur Frau
die hinter ihr sitzt

und Briefe schreibt
auf Luftpostpapier
und über das Wasser blickt
in die Weite
und niemand andrem gehört
als sich selbst.

Liebe

Auf den letzten Zug gehen
hieße
noch ein bißchen zusammensitzen
und etwas trinken
mit dem Sänger
und seiner Frau
und den alten Bekannten.

Auf den vorletzten Zug gehen
hieße
noch ein bißchen zusammensitzen
und etwas trinken
mit dir
denn du würdest noch auf mich warten
und holtest mich ab
am Bahnhof.

Ohne zu zweifeln
drück ich hastig die Hand
dem Sänger
der Frau
und den alten Bekannten
und renne
so schnell ich kann

Nähe

So nah bei dir
so nah
ist mir so warm
als wäre ich
in einem andern Land
als hätt ich
Grenzen hinter mir gelassen
die ich gar nicht kannte
und hielte Rast
auf einer wahrhaft
ungeheuren Reise
unterwegs
ins Herz der Welt.

Seufzer

Ach Gott
warum bin ich nur
so verletzlich geworden
daß ich
fast nicht mehr weggehen kann
für länger
und auf der Fahrt
nach den schönsten Städten Europas
trübsinnig sitze
im Zug
und jeden Bahnarbeiter
beneide
der mit dicken Handschuhen
irgendeinen Gepäckwagen schiebt
und am Abend
einfach nach Hause kann
zur Frau und den Kindern
wo's Spiegeleier gibt
und Kaffee
und Gespräche
von Hausaufgaben
und Fernsehprogrammen.

Tränengas

und wieder einmal
werden wir
im Namen einer reibungslosen Funktion
behandelt
wie Insekten
weggesprayt
nur beim Versuch
für eine halbe Stunde
den Verkehr zu lähmen
der
bei einer wahren Katastrophe
während Jahren und Jahrzehnten
stillstehn würde.

Bern, 25. 4. 1987

Flußbad Letten

ich lasse mich
langsam treiben
den Fluß hinunter
und schaue zurück
auf meine Stadt
das Hotel Zürich
daneben die sauber geschwungene
Autobahnzufahrt
darunter das Jugendhaus
geschlossen zur Zeit
wegen Ratlosigkeit
davor ein paar Menschen
auf Bänklein
die sich im Abendschein
ihre Spritze setzen
und sich dann
treiben lassen
langsam
zur Stadt hinaus
und weit, sehr weit.

Nachruf

Irgendjemand
wußte auf seine Fragen
keine andere Antwort
als diese freundliche, tüchtige
Taxichauffeuse
ums Leben zu bringen
Frau Amberg
die mich so oft gefahren hat
die mir manchmal traurig schien
und manchmal auch fröhlich
und die mir noch »Viel Erfolg!«
nachrief
bevor ich zur Hintertüre
eines Theaters hineingeschlüpft bin
und jetzt
jetzt möchte ich *ihr*
etwas nachrufen
aber sie hört es nicht mehr.

Zum Glück hab ich sie
vor kurzem einmal
im Scherz
meine Lieblingstaxichauffeuse
genannt
und wenn ich die Augen schließe
sehe ich wieder
wie sie den Kopf zurückwirft
und lacht
und wie sie sich auch
ein kleines bißchen
darüber freut.

5 Gedichte zum Hochmoor von Rothenturm

wo ein Waffenplatz gebaut werden sollte, verbunden mit der Hoffnung, der Abdruck dieser Gedichte habe dazu beigetragen, daß das Schweizervolk am 6. Dezember 1987 zu ebendiesem Waffenplatz NEIN gesagt hat.

Heimat

Weil er
das Fliegen
nicht mehr brauchte
während Tausenden von Jahren
– so sehr war er
im Moor zu Hause –
weil er
das Fliegen
also nicht mehr brauchte
bildete er ganz allmählich
seine Flügel
zurück
der Warzenbeißer
auf zwei Drittel
der tauglichen Größe.

Pech für ihn
müßte er einmal
wirklich weg.

Sonnentau

So wenig Boden
hat diese Pflanze
daß ihr die Nahrung
die sie durch die Wurzeln kriegt
nicht ausreicht
darum hat sie
schlau und langsam
Tentakel entwickelt
mit klebrigen Tröpfchen
glitzernd im Licht
und duftend
die Fliegen zu locken
die sie dann als Zubrot
verspeist.

Nehmt euch in acht
und merkt euch:
Wer zu wenig Boden hat
wird bald einmal
zum Räuber.

Optimistin

Seht sie
die Sonnenfreundin
die Mooreidechse
ihr fehlt hier
Jurakalk und Tessiner Granit
sich darauf zu sonnen
deshalb hat sie
das Klettern an Ästen
zur Kunst entwickelt
sagt mir der Biologe.

Ihrer gefleckten Haut
entnehme ich
daß sie sich
wenn ein Feind naht
sei es mit Flügeln
auf Pfoten
oder in Stiefeln
daß sie sich fallen läßt
und Schutz sucht am Boden
auf Überleben hoffend
wie ein getarnter Soldat.

Spinnennetz

Schimmernd und zart
das Netz
der Vierfleckkreuzspinne
als könnte es
keiner Fliege
etwas zuleide tun.

Endspiel

Als sich
am Ende der Eiszeit
die Gletscher wieder verzogen
hinauf in die Alpen
oder nach Norden
folgten ihnen
die kälteliebenden Tiere
bis auf wenige.

Eines davon sitzt da
auf der schneeweißen Blüte
der Moorperlmutterfalter
ein Sonderling
ist er zurückgeblieben
damals
und legt seither seine Eier
beharrlich auf die wenigen
Moosbeerenblätter
die es noch gibt.

Was will er hier
im rostbraunen Wintermantel
wer kennt ihn schon
Asylant aus vergangener Kälte
was fordert er
unsere Rücksicht heraus
was fällt ihm ein
Relikt, das er ist
ein Argument zu sein
gegen Fortschritt und Freiheit?
Glaubt er im Ernst
daß wir nicht wegschauen können
wenn er irgendeinmal im Frühling

auf der Suche nach Moosbeerenblättern
ratlos flattern wird
bis der Tod
seinen Kugelschreiber zückt
und auch ihn
aus der Artenliste
streicht?

Wenn und

Wenn sich der Bauarbeiter über einen kleinen Brunnen beugt
und trinkt

Wenn Angler ihre Ruten schultern und am Morgen früh zum
Bergsee gehen

Wenn Rucksackwandrer überm Nebelmeer tief atmend auf
gelb markierten Pfaden schreiten

Wenn der Postautochauffeur den Freunden, die vor dem Café
am Gartentischchen sitzen, einen Scherz durchs Fenster
zuruft, und es lachen alle

Wenn die Metzgersfrau sich an die Ladentüre lehnt und mit
der Kundin plaudert

Wenn die Mutter mit frischem biologischem Salat vom Markt
nach Hause kommt

Wenn der Klassenlehrer am Elternabend Dias zeigt vom
Schulausflug

Wenn der Bub am Morgen die Treppe hinunterrennt und
wenn der Vater ihm nachruft »Mach's gut!«

Wenn ein Mann und eine Frau auf einer Straße stehenbleiben
und sich küssen

Wenn Menschen gemächlich schwimmen vom Ufer zum Floß
hinaus am letzten Sommersonntag dieses Jahres

Aber

Wenn die schwere Eisenkugel auf ein altes Haus mit
Efeuranken kracht

Wenn Fische mit dem Bauch nach oben stromabwärts
treiben

Wenn Menschen mit Taschentüchern vor der Nase durch die
Straße hasten

Wenn ein Familienvater beim Überqueren einer Straße
getötet wird durch eine Kühlerhaube

Wenn sich ein Kalb vom Strick befreit und brüllend aus
dem Schlachthof rennt

Wenn junge Frauen zugrunde gehn an mitleidlosen
Krebsgeschwüren

Wenn der Lehrer dem Schüler die Seite mit dem vielen
falsch Geschriebenen zerreißt

Wenn ein Bursche mit 18 Jahren tot im Keller liegt,
den Einstich im Gelenk

Wenn eine Frau die Kinder und sich selbst ums Leben bringt,
weil sich ihr Mann

Wenn Fliehende, die einen Fluß zu überqueren suchen in der
Hoffnung auf Asyl, dabei ertrinken

Wenn Schweizer Panzer über Schweizer Brücken rollen und
fröhliche Gesichter aus den Deckeln schauen

Wenn eine alte Frau mit ihrem Enkelkind die Schwäne füttert

dann
daran ist kaum zu zweifeln
dann ist
hier zumindest, wo wir wohnen
DANN IST FRIEDEN

Wenn Schweizer Sturmgewehre weit entfernt auf
Demonstranten schießen

Wenn eine Pflegerin dem alten Patienten den Katheter rausreißt, daß er schreit vor Schmerz

dann
daran ist kaum zu zweifeln
dann ist
hier – da, wo wir wohnen
IST DANN KRIEG

Bewegte Eltern

Da stehen wir wieder
wie schon vor uns
die Eltern junger Menschen
in Winterthur
und Jahre zuvor in Zürich
und möchten nur sagen:
Auch wir wissen nicht genau
wie das Leben aussehen soll
damit es uns nicht betäubt
wir wissen nur
daß in Winterthur
und in Zürich
junge Menschen
ums Leben gekommen sind
beim Versuch
das andere Leben auszuprobieren
und wir bitten euch
weil wir nicht möchten
daß es in Bern soweit kommt
ruft alle Gefühle zusammen
die sonst am Rand des Alltags wohnen
die Hoffnung
die Liebe
den Zorn aber auch
und die Unzufriedenheit
und prüft dann
wieviel euch trennt
und wieviel euch vielleicht verbindet
mit denen
die anders leben wollen
am Ende wärt ihr verwandt mit ihnen
und sei's nur im dritten und vierten Grad
und wärt in der Lage

Nachsicht zu üben
weil ihr dann wüßtet
die sind nicht so fremd
und verirrt
und wüst
die gehören zu uns.

Turicum

Die erste Nachricht
die uns erreicht
aus Zürich
ist
im 2. Jahrhundert nach Christus
der Tod eines Kindes
des kleinen
Lucius Aelius
sein Vater war römischer Oberzöllner
Geld war sicher nicht sein Problem
er hatte ein Amt, eine Frau und zu essen die Fülle
und doch ist der Sohn
nicht älter geworden
als 1 Jahr 5 Monate und 5 Tage
und seine Mutter hieß Secundina
und ihr Kummer ist abzulesen
aus der letzten Zeile des Grabsteins
parentes dulcissimo filio
die Eltern dem herzallerliebsten Sohn.

Heute
sind es nur 5 Minuten zu Fuß
von den Kastellen des Geldes
und den Geschäften der obersten Oberzöllner
hinüber zum Lindenhof
wo alte Männer
unter Bäumen
Schachfiguren schieben
und manchmal jemand stehenbleibt
wie ich
und diese Inschrift liest
und denkt
auch wenn in unsrer Stadt

gebaut gebohrt gelocht gerafft wird
bis sie ganz aus Gold ist und aus Glas und Stahl
dann liegt zuunterst doch
ein totes Kind
und eine Trauer
die ausreicht
für Jahrhunderte.

Mitte 1988

Hallo!
Weiß jemand
wo wir uns jetzt gerade befinden
Ende der achtziger Jahre?

Fest steht nur
die Immunsysteme brechen zusammen
die Bäume haben AIDS
die Menschen
haben das Waldsterben

es sind Dinge geschehen
jenseits von Wahrscheinlichkeit
und Berechnung
doch den Phantasten
und Dichtern und Schwarzmalern längstens vertraut

weit entfernte Reaktorkerne
und nahe gelegene Lagerhallen
brannten gleichermaßen
und sandten ihre lebensbedrohende Botschaft
über die Erde

der 3. Weltkrieg ist im Gange
ohne Erklärung
schon lange
und kein Geschichtsbuch
wird das Datum des Ausbruchs nennen können
kein Schüler wird es auswendig lernen müssen

wir bohren
unter den Alpen
nach tausendjährigen Löchern

für unsern strahlenden Abfall
und finden keine
während sehr weit oben
der Himmel ein Leck hat
Ozonloch geheißen
zu flicken wäre es allenfalls
durch Verzicht
hier unten
doch wir können so hoch hinauf nicht denken

wir haben genug zu tun
mit dem Schuldenberg
auf dem wir sitzen
und mit den Arbeitslosen
und mit dem Gespenst
das umgeht
bei uns
dem Gespenst der Langeweile
das neben den Videoläden erscheint
und im Schatten der Einkaufszentren
und hinter dem Landesmuseum

das erste Geräusch zu Beginn des Jahrzehnts
waren eingeschlagene Schaufensterscheiben
doch das ist schon lange her
jetzt flattern die Segel der Surfer
und aus dem Bancomat piepsen die Hunderternoten

der Normalbetrieb ist nicht aufzuhalten
und wer ihn nicht aushält
muß eben die Konsequenzen tragen

der Sprayer von Zürich
hat Zeichen gemalt auf die Wände
den Beton zu denunzieren
9 Monate Gefängnis unbedingt

war die Antwort des Rechts
für respektlosen Umgang
mit fremdem Eigentum
8 Monate Gefängnis bedingt
erteilt dasselbe Recht
für betrunkenes Fahren
welches zum Tod eines Menschen führt

wäre die Sklaverei
noch erlaubt bei uns
der Tod eines Menschen
würde schärfer geahndet
denn man hätte dann jemand
um sein Eigentum gebracht

nicht vergessen möchte ich:
Olof Palme
wurde ermordet
als er
dem Wunsche folgend
normal zu leben
ein Kino besuchte

doch das war in Schweden
wir bringen ja niemanden um
bei uns liegen bloß
3 Tote am Tag auf der Straße
und manchmal ertrinkt eine Fliehende
oder erfriert ein Flüchtender
auf dem Weg zu uns
dabei ist es gar nicht so schön
wie sie meinen
wieso nähmen sich sonst
jeden Tag 4 Menschen das Leben
im zweitreichsten Land der Welt
(in den siebziger Jahren waren es 3)

Wird man deswegen unsere Zeit
das Jahrzehnt des Selbstmords nennen?
Nein.
Das Jahrzehnt des Protests?
Wohl kaum.

Ich war in Bern für den Frieden
im Herbst 83
und für den Wald im Frühling danach
und in Gösgen später
und wieder in Bern
auf daß Gösgen nicht Tschernobyl werde
und habe gehustet
im Tränengas

waren das wohl
wichtige Anlässe dieses Jahrzehnts?

Ich fürchte
wichtiger waren die Sitzungen einiger Herren
welche die Unterlagen aus ihren Aktenkoffern nahmen
und ohne Mischpult und Mikrophone
einige Worte zu einigen anderen Herren sagten
in Zimmerlautstärke

zu fragen wäre allerdings
wer denn entscheidet
was einmal als wichtig gelten wird
und was nicht
und wer bei den Tätern war
und wer bei den Opfern

darum empfehle ich vorsichtshalber:
Laßt euch das Recht auf den eigenen Eindruck nicht nehmen
öffnet die Augen, die Ohren, das Hirn und das Herz
und das, was euch dann begegnet

ist eure Zeit
es kann sein
daß gerade nach diesem Eindruck gefragt wird
später einmal oder morgen bereits
denn wo immer es Täter gibt und Opfer
werden auch Zeugen gesucht.

Vierzig vorbei

Da wären wir also
40 und mehr
und sehen mit leichtem Erstaunen
was wir geworden sind
und was nicht
und während die Kondukteure im Zug
immer jünger werden
sitzen manche von uns an Pulten
und haben noch größere Pulte vor sich
und machen im Stillen
Wahrscheinlichkeitsrechnungen
über die Lebensdauer
von diesem und jenem
hinter dem größeren Pult
und merken plötzlich
die möglichen Sessel
sind schon gezählt.
Dann gibt es auch welche
die sitzen mit 40 bereits
an den größeren Pulten
gepanzert mit Sekretärinnen
und einer ganzen Etage
von Mitarbeitern
warum auch nicht
es sind doch die besten Jahre
sie sind beweglich und stark
im Dienst Offizier
oder höher
sie fliegen zum Marathon nach New York
und handeln mit Dingen
die sie persönlich nichts angehn
mit Zigaretten, Medien oder mit Plastikrohren
Frau und Kinder sehen sie selten

man muß sich entscheiden
zwischen beruflichem Vorwärtskommen
und Treten an Ort
und irgendetwas bleibt halt dabei
auf der Strecke
was will man machen
aber die Frauen zu Hause
müssen sich auch entscheiden
zwischen Tennisclub und Verzweiflung
40 sein war zwar schön
aber jedes weitere Jahr
bringt sie näher zu 50
und sie waren doch früher mal Laborantinnen
Röntgenschwestern
und Buchhalterinnen
und jetzt sind die Kinder schon älter
und jetzt sind schon wichtige Jahre vorbei.
Da haben es andere anders gemacht
die Chemiker, Flugverkehrsleiter
und Mittelschullehrer etwa
die sich schon früh
einer Wohnbaugenossenschaft
angeschlossen haben
und mitgemacht haben
in einer bescheidenen Siedlung am Waldrand
ziemlich entfernt von der Stadt
doch mit tragbaren Kosten
an Samstagen haben sie
selbst noch gemauert
wichtig war der Gemeinschaftsraum
der große
mit dem Cheminée
in dem man einmal wöchentlich
fest zusammenkam
um Probleme der Siedlung zu diskutieren
und politische Fragen des Dorfes vielleicht

um im Kleinen richtig zu handeln
denn damit fängt es doch an
und die Frauen haben die Kinder ausgetauscht
und Hütepläne gemacht
wer wann bei wem deponiert werden mußte
damit man den Anschluß nicht verlor
und arbeiten konnte
zweimal die Woche
oder sich weiterbilden
offen wollte man bleiben
und aufnahmefähig für Neues
auch in der Beziehung
doch plötzlich sitzen die Chemiker
Flugverkehrsleiter und Mittelschullehrer
ratlos in den Gemeinschaftsräumen
denn ihre Frau ist weg
mit der jüngeren Tochter
und die ältere ist in der Stadt in der Lehre
und auch Christine und Thomas, der Architekt,
sind zerstritten
und Sereina hat sich auf Probe getrennt
von Jacques, dem biologischen Bauingenieur
und da hocken sie nun
die einsamen Männer
vor einer Flasche Chianti
und können es eigentlich gar nicht fassen
daß es mit 40 nicht schöner ist
wo sie langsam zum Dreck heraus wären
fragen sich auch
woher diese Müdigkeit kommt am Morgen
der Mangel an Schwung
beim Anblick der Aufsatzhefte
oder der Korrosionstabellen.
Andere wieder
haben es gar nie so weit gebracht
waren immer alternativ und bescheiden

bewohnten verfallene Bauernhäuser
und stillgelegte Fabriklein
buken ihr Brot und spannen ihr Garn
und hatten Bienen und eigenen Honig
und Schafe zumeist
doch glänzt nicht auch in ihren Augen
ein kleiner Verdacht auf Sinnlosigkeit
denn in der Stadt
wo Kauf und Lauf und Handel und Wandel ist
dort sind sie fremd
es ist ihnen nicht gelungen
die »Jute statt Plastik«-Tasche im Straßenbild
so selbstverständlich werden zu lassen
wie einen blauweißroten Jelmoligreuel
das ist einfach so
und alle die vielen Einsichten
der Sensibleren unter uns
die schon die Parolen des Touring-Clubs
nicht mehr ertragen
und aus Erschrecken
über unsere Verkehrskatastrophe
ihr Auto abstoßen
alle die vielen Einzeleinsichten
jedes Jahr werden sie flachgewalzt
von neuen Verkaufserfolgen
und überschwemmt
von der stetig steigenden Flut
des Bruttosozialprodukts
dieses Zauberwassers
in dem auch die größeren Pulte schwimmen
und die größern Bestrahlungsgeräte
und Nierensteinzertrümmerer
zur Therapie der Chemiker
Flugverkehrsleiter und Mittelschullehrer
und ihrem gebrochenen Schwung.
Weniger Mühe hat da

der Revolutionär von gestern
er ist der Gastwirt von heute
oder handelt mit Antiquitäten
oder mit Presseerzeugnissen
oder mit Scheidungsverhandlungen
zwischen Tennisclubfrauen
und Männern an größeren Pulten
und spricht man ihn an auf gestern
zuckt er die Achseln
und hat eine Sitzung
nun gut
ich habe Verständnis dafür
ich war nie ein Revolutionär
ich war eher ein Spötter und Stauner
ich habe mich immer gewundert
über die Welt
und die Normalität
als welche der Wahnsinn daherkommt
doch das Staunen und Wundern nahm zu
in den letzten Jahren
schlug allmählich um
in Besorgnis und Angst
in Empörung und Ohnmacht
ob all dieser Zündschnüre
die zwischen unsern Füßen zischen
schlug um ins Gefühl
der Gang ins Verderben
sei vorgezeichnet und unausweichlich
und nur eine Frage der Zeit.

In seltsamem Widerspruch aber
zu diesem Gefühl
und allem, was um uns und durch uns geschieht
ein zweites Gefühl
oder vielmehr das erste
nicht zu erstickende

hinter vorgehaltener Hand
denn es ziemt sich nicht
für die Stirnrunzlergilde
gestehe ich:
Ich habe Freude am Leben
ich freu mich
am Gehen
am Atmen
am Essen und Trinken
am Lieben
ich liebe die Frau und die Kinder
ich schaue auch andern Frauen nach
noch immer
mit 40 und mehr
denn eigentlich liebe ich alle Frauen
aber auch alle Kinder
denn sie bringen
das ganze Leben mit auf den Weg
und ich arbeite gern für die Kinder
mit Büchern, Sendungen oder Geschichten
auch für das Kind im Erwachsenen
es gefällt mir
am Abend auf einer Bühne zu stehen
und irre Bilder zu zeichnen
vom Zustand der Zeit
oder am Morgen
im Arbeitszimmer zu sitzen
mit Blick auf die Fernsehantenne des nächsten
Hauses
dahinter die mächtigen Gipfel
des Viersternhotels von Swissair und Nestlé
sowie des Einkaufszentrums der Migros
denn hier will ich leben
ganz genau hier
das muß ich den Leuten
in ihren Einfamilienhäusern im Grünen

immer wieder erklären
wenn sie mir gütig lächelnd
das Bündnerfleisch reichen und fragen:
Etwas verstehen wir nicht, Herr Hohler
wie können gerade Sie
in der Stadt zu Hause sein
und erst noch in Zürich –
dann bleibt mir regelmäßig
die Sprache weg
und dann beschreib ich vielleicht
die eben beschriebene Aussicht
denn das ist die Aussicht
auf unsere Zeit
und die will ich sehen
die will ich auf meine Art auch bestehen
selbst wenn ich mich
an die Birkenzweige
vor meinem Fenster halten muß
die sehe ich nämlich auch
wie sie leise schwanken im Wind
und meine eigenen
Pläne, Projekte, Gedanken und Worte
an denen ich sitze
mit Leidenschaft und Beharrlichkeit
sind ihnen verwandt
den Birkenzweigen
Botschaften sind es
des Lebens
und der Zerbrechlichkeit
auf daß wir nicht ganz
der Macht der Einkaufszentren verfallen
welche nie schwanken im Wind.
Und stärkend ist auch
die Nähe zum Nachbarn
sind nicht andere
eben erst fertig geworden

mit ihrem Bild der Welt
mußten 40 werden
bis es vollendet war
Capra, Sloterdijk und alle die Selberdenker
macht das nicht Mut
und Neugier
auf das, was noch kommt
von ihnen
und jedem von uns
und hilft es uns nicht
einer Zeit entgegenzugehen
die keine größeren Pulte mehr braucht
nur Menschen
die wissen
ihr Geburtsdatum
war kein Zufall
sondern sie waren
persönlich damit gemeint.

Inhalt

Diese Gedichte sind in den Jahren 1970–1988 entstanden. Die meisten davon wurden schon veröffentlicht, etliche als Randnotizen im Zürcher »Tages-Anzeiger«, andere in Literaturzeitschriften oder Anthologien, und es freut mich, daß sie jetzt alle in diesem Band versammelt sind. *F. H.*

Franz Hohler wurde 1943 geboren und lebt als Kabarettist und Schriftsteller in Zürich. Im Luchterhand Literaturverlag sind von ihm lieferbar: Ein eigenartiger Tag (1979), Die Rückeroberung (1982), Der neue Berg, Roman (1989), Der Mann auf der Insel, Ein Lesebuch (1991), Da, wo ich wohne (1993), Die blaue Amsel (1995) und Drachenjagen, Das neue Kabarettbuch (1996).